主编　凌翔

新时代精品朗诵诗选

有一朵花开在湖边

蒋坤元

著

中国民族文化出版社

北　京

版权所有 侵权必究

图书在版编目（CIP）数据

有一朵花开在湖边 / 蒋坤元著. —北京：中国民
族文化出版社有限公司，2020.6
ISBN 978-7-5122-1340-1

Ⅰ.①有…　Ⅱ.①蒋…　Ⅲ.①诗集－中国－当代
Ⅳ.①I227

中国版本图书馆CIP数据核字（2020）第040579号

书　　名：有一朵花开在湖边
作　　者：蒋坤元
责　　编：陈丽红
出　　版：中国民族文化出版社
地　　址：北京东城区和平里北街14号（100013）
发　　行：010-64211754　84250639
印　　刷：唐山楠萍印务有限公司
开　　本：710mm×1000mm　1/16
印　　张：13
字　　数：120千字
版　　次：2020年6月第1版第1次印刷
书　　号：ISBN 978-7-5122-1340-1
定　　价：49.80元

目 录

第一辑　风遇到树叶

假如你回到青春　002

找到自己的一条路　004

我是我写的一首诗　006

蜜蜂有一根刺　008

我问自己，你想要什么　009

有一个承诺　011

海螺很远　013

山茶花开得真好　015

美丽的早春　017

展望　019

冬天适合我这样的人　021

要有所改变　023

只要走着　025

原动力　027

判断　029

唯愿你安好　031

蚕豆花　033

幸运只代表过去　035

我的小船在大海　037

又不是山高路远　038

依靠　039

请你负起责任　040

我会像鱼一样寻找　041

一样的田地　043

不问　045

揣上几块小石头　046

豆腐花　048

风遇到树叶　050

油菜是怎么开花的　051

如果是一粒种子　053

第二辑　有一朵花开在湖边

最好我的诗是一个童话　056

我的眼睛比往日明亮　057

不得不深刻　059

有一朵花开在湖边　061

因为有足迹　063

青春的花朵，我已丢失　064

应该清醒的　065

深夜，只有雨的声音　067

就那么几天　068

一堆贝壳　070

一株野麦 072

享受 074

想象旷野 076

既然春天已经来临 078

走过了才知道我的青春 080

谁都有苦涩 082

你必将坐这一趟列车 084

既然选择了奋斗人生 086

今天就要过去 088

请保持沉静 090

比做梦好 092

我已经是一个传说 094

第三辑　不是每棵青菜都开花

你的彩虹 100

不是每棵青菜都开花 102

你什么时候走 104

我不黑暗 106

请小心，镜子是一块玻璃 107

说什么搁浅 109

近在珍珠 110

像野草一样 112

花田里自言自语 113

清明的季节 114

三月草　115

你笑，世界就好　116

奔跑便是春天　117

做一只快舟　118

谁不想美好　119

我在珍珠的故乡　121

我不能给你什么　122

有一只大船经过　123

暴风雪　125

其实儿时吃苦没有什么不好　126

我能做到的　127

春天里我唱自己的歌　129

去创造　130

生活是一片沼泽　132

春天来吧来吧　134

小蜜蜂　135

十年后你会怎么样　137

听雨声　139

第四辑　我能手捧真诚

我能手捧真诚　142

你说，从未走远　144

此刻，你知道　146

我的心看得很远　147

玫瑰庄园和我　149

我的诗人老师　151

没有结局的旅途　153

致：晴谷　154

阳澄湖有没有情歌　156

你的美丽　158

爱情三分地　159

爱情是一个故事　161

活着的样子　162

为了收获爱情　164

我问自己目标在哪儿　166

第五辑　岁月，是一个未名湖

有时候爱情是风吹雨打　170

十月收获的不仅仅是稻谷　171

你知道稻花么　172

秋的忧愁是你自己给的　173

有没有莲的心　174

成功使我声名远扬　175

风很自然地来　176

坎坷叫磨砺　177

爱情像稻田　178

我们都是鱼　179

让我在早晨写下飞翔的名字　180

岁月，是一个未名湖　181

抱着阳光　182

柠檬树和我　183

如果努力没有回报　184

稻田与茶座　185

时间爱情　186

我得扛　187

我在黑夜里想着光明　188

贝壳　189

我的方向　190

如果不够执着　191

奋斗十四行　192

我的情歌十四行　193

我的心迹　194

只为抬起头　195

雾来雾去　196

长期以来　197

绽放　198

不松懈　199

我看得见自己的晚年　200

第一辑　风遇到树叶

假如你回到青春

假如你回到青春

你也不要忙着谈情说爱

你读书好了

就像种植了一个花园

自有蝴蝶飞来

其实，人生没有这个假如

谁也无法回到青春

岁月让你的容颜变老

那么，请你读书吧

你的思想便有高度

便延长了你的青春

不要悲叹青春流失

在不死之前

所有的日子都是珍贵的

怕只怕

本该青春的时候心已老去
总让人有一些淡淡的忧愁

所以，请你记得
叶子黄的时候，你该记得绿
绿的时候，你要对得住它

找到自己的一条路

想让自己不被风雨刮走
你就要，找到自己的一条路
为什么不能跟在别人的屁股后面
因为你不可盲目
他们往哪里去，你是否知道

我找到了自己的一条路
因为这一条路虽说并不平坦
但只要我愿意播种
可以在两旁种植一些花草树木

我的路可能并不适合你
所以，你也不必跟在我的屁股后面
你有你的路
你要学会装扮自己的路
我的路所以美好
那是因为我的路两旁开满了花朵

我憧憬着

有一天

我的路可以像高铁一样飞速

我是我写的一首诗

最早我是一头牛
被耕地的老者抽过皮鞭
甚至田埂上的一群少女走过
她们说，没出息的就这样拉犁

我是一只蜗牛
险些被飞驰的车子甩死
我追不上奔跑的人啊
就在旁边的小沟里慢慢地爬行

我是一块焦炭
我想燃烧自己
却发现，现在的焦炭不值钱了

我是我写的一首诗
我还没有写出一首轰动的诗
太阳却已经坠落了

但我相信，你读到这一首诗
你是幸运的
因为你就是我想写的一首诗
因为爱诗，人生才完美

蜜蜂有一根刺

蜜蜂在菜花田里采蜜
村庄里摆放着许多蜂蜜木箱

想起了小时候
放蜂人对我说，你们不要去捉蜜蜂
蜜蜂有一根刺

我们哪听得进他的话
你不给我们蜂蜜吃
我们只好去捕捉蜜蜂

我捕捉到了一只蜜蜂
撕扯它的肚皮
它反抗
那一根刺，刺得我哇哇大叫

从小，蜜蜂就教导我一个道理
一个生命可以失去
但必须还你一根刺

我问自己，你想要什么

当我很穷的时候

我梦里也想发财

那梦无限蔓延

如今我已经站在富人的行列

我问自己，你想要什么

所谓名利

名声在前，利益在后

留给我们的机会不多

如果有最多的钱而没有好的名声

我宁愿不要有钱

所以说，我要给我的儿子

一个好的名声

我觉得这应该是胜过亿万资产

在以后的岁月里
我仍将勤勤恳恳
就像我的父亲那样
努力工作到生命最后的时刻

有一个承诺

当春天万物生长的时候
我们不能无动于衷
小雨淅淅沥沥朦胧了你的倩影
你我一块走过了许多年
现在我们有了很大的房子
有房子的爱情就知足
至少保证了爱情的一种温暖

是的，是的
沉在河底的日子一去不返了
并且有一个承诺悄悄地浮出了水面
虽说河水并不如原来的清澈
但我的承诺一如从前

人生的岁月就是这样度过
风里雨里要好好地走

虽不说爱情一万年

但承诺可以一万年的

为此，我承诺

让你比我幸福，让你幸福一万年

海螺很远

海螺很远，但它一定是在海里

在海滩里

就像你离我很远

你一定在沸腾的人群里

我不想拥有海螺啊

它的生命就应该在海里

如果它离开了海

它就变成了贝壳

它就没那么美了

而你，我只想看看你有光泽的眼睛

我因你的出现激动不安

但我有我的爱情啊

所以，我只能对你转身离去

如果你不够明白我的意思

那么，请你跟我去海边
我会给你讲讲海螺的故事

我就是一只海螺啊
如果我离开了大海
我就失去了自己
我就失去了世界
我就失去了你

山茶花开得真好

自家院子里有梨树

还有石榴树

冬日里它们都光秃秃了

唯独那一棵山茶花开得真好

它长得不高

它长满了似牡丹一样的花朵

这样的花朵饱和了我

我因它的灿烂

而觉得春天就在眼前

春天就是花朵怒放啊

而冬日里的山茶花那么地从容不迫

还有独树一帜

有时候我不知道我是谁

我来到这个世界上做什么

当你看着眼前的山茶花

就找到了自己

就做山茶花吧

默默地绽放自己，四季如春

美丽的早春

没有冬天，也就没有早春
灵魂里已经没有寒冬腊月
早春也看不见庄稼人扛着犁去地里了
不过，我还是觉得早春是美丽的

记忆里母亲叫我去割青草
家里有一窝兔子
冬天它们吃干草
早春来了，它们就闹着吃青草
我只会因为兔子的欢快
而记住了这个童年

童年的我
早春就是一筐青草啊
能够喂饱几只兔子就是我的欢快
我的心情就栖在兔子棚

请告诉我，为什么
现在的早春与以前大不同了
我的心思已不在那个小小的兔子棚
不知心在何处
不知哪里是我放牧的地方

展望

这个春节磨砺我的心
你没有让我进入疲倦
我仍像往常一样早早地起床
然后，我在别墅的阳台上
遥望阳澄湖
心里总是有一片宽阔

生活是沉重的，你还得回归现实里
如同一只老牛
真正有价值的就是默默地耕地
肩膀可以流血
总之需要忍受一切不可以忍受的东西
包括皮鞭，你耀武扬威的折磨

我早就把自己比喻成这样一头牛
当春天来的时候，我就昂起了头
我要走到田里

劳作便是我的命
不，是一种责无旁贷的责任

那么，我的展望不只是一片水田
愿我的目光能飞过你的一片心海
我要飞得更高远

冬天适合我这样的人

冬天走了，我却要说它的好
因为冬天适合我这样的人

十八岁当兵，地上结着冰块
我的肚皮贴着地面
一个小时艰难地爬起来
那个肚皮在哪里都没感觉了
因冰天雪地
而强壮起来
经历了这样的苦啊
其他的累啊，苦啊，已都不在话下

所以我不说冬天不好
冬天就像我的父亲
他教会我顽强
而我就像一棵树

当雪压在我肩膀上的时候
我是无所畏惧的

所以冬天造就了我这样品格的人
永远不怕苦，还有不服输
为此，要急起直追

要有所改变

你不知道有多少人春节仍在忙碌
你只知道回家，快点回家
我不愿在春节的热闹中迷失自我
吃喝玩乐不是我的追求

有时候失去了才懂珍惜
有时候结过婚才懂爱情
有时候过了年才有所明白
人生的路，你应该怎样走

我已经做好了出发的准备
我一直寻思着
过年后，我要有所改变
我要制定一个发展规划
因为我知道，人生在于设计
不然，就是白活了

生活在继续

倘若停滞不前，就机会少了

还有二三日

我就要踱步出门，仰看星辰

只要走着

只要走着，远山就不远

回头看脚下的路

你走了有多远

不要说茫茫沧海路遥远

如果你不走

近在眼前也是远在天涯

人生在一天天老去

许多的时间回不去

只有走着，才能走得更远

所谓的青春，就是拼搏

就是不停止自己前进的脚步

我多么羡慕你年轻啊

你有矫健的步伐

你把梦想变成了飞蛾

而你的身姿会成为新的旗帜

而我终究是老了

我只能这么呐喊

走吧，走吧，快点走吧

原动力

尽管这个现实世界

它像海浪无数次地打击我

但我真的是挺起胸膛

我的小船划向远方

不会沉没

平凡与伟大的主题

起决定作用的，应该是一种东西

它叫原动力

因为我爱我的儿子

我要做他的铺路石

我要做他的一把梯子

我要让他踩着我的肩膀飞翔

所以，我愿意

我愿意吃苦耐劳

我愿意忍辱负重

我愿意呕心沥血

我愿意顽强拼搏

我愿意像狗一样生活

就是为了你

能像一个人挺起胸膛

不再被人小看

有时候真想好好地做牛做马

我是如此的心甘情愿

请理解一个父亲的心情

天底下父亲都应该是这样的吧

判断

少年，十六岁
决定不了爱情
或是他退缩
或是她转身

青年，二十来岁
决定不了未来
或是选择大海
或是选择小河

而我，五十余岁了
我可以决定一个人的世界
或是青青的草地
或是远远的山脉

在走过多少黎明的路上
需要飞翔的翅膀

需要你的判断

我对自己说，不要浪费岁月

不要走错自己的道路

唯愿你安好

岁月匆匆，多少年过去了
我依然记得你青春的样子
最不能忘怀的
是你的眼睛
当我离开你的瞬间
你流下了一滴眼泪

所以，每当雪花飞舞的时候
我心中总会浮现出你的影子
那雪花是你的眼泪么
我相信
你的眼泪是纯洁的
就像雪花一样纯洁
后来，雪花被风尘污染了
而你，永远一尘不染

我可以把握自己

或许我可以在风里咆哮

在雨里，让雨水淋湿我的头发

今夜，有一轮明月

唯愿你安好

让你的眼泪滋润你的日子

你的世界里满是幸福与安康

蚕豆花

我穿过一片金黄的油菜花走向你
你就在我的脚下，默默的啊
我不知道有多少人识得你
他们都把羡慕的眼光投向了油菜花
他们从你的身边匆匆而过

而我俯身端详你
我的眼前浮现老祖母慈祥的笑容
她说过，蚕豆花没有油菜花好看
但它结的果实很香
后来，母亲也十分看重蚕豆
于是屋前屋后都开满了蚕豆花
只要看见蚕豆花
我就仿佛看见老祖母活着
看见母亲含辛茹苦的身影

原来啊，蚕豆花是母亲的泪花

我心头的这一种花盛开着

母爱不会消失

尽管老祖母已经离开世界八年

尽管母亲病倒在床上不能动弹

但在风里的蚕豆花

仍然给予我深深的思念

谢谢你的出现，有许多人不识得你

但你有母爱的意识

我应该让更多的人知道你

幸运只代表过去

我很幸运

我的事业蒸蒸日上

虽说我赶不上马云

但马云有的抱负

我也有

那是一种追求

不是沾沾自喜

幸运只代表过去

我更看重未来

我很幸运

我已经站在很高的位置

所以，让我的目光看得很远

我觉得，我一个人赢

那不叫赢

唯有我的儿子赢了

才是真正的赢

一个人做大了

想法就多起来了

最好是自己的步子跨得更大点

我的小船在大海

大海有波涛
大海有暗礁
大海茫茫，谁主沉浮

我的小船在大海
我在海里搏击
既然已经划向了海里
就不要畏缩
有时候前进是一个新的彼岸
有时候后退是一个死胡同

生活就是这样一个大海
既然来到了海里
就勇敢地挥动你的木桨
将自己的小船驶向彼岸

当我们奔向了大海
还有什么大江大河过不了呢

又不是山高路远

不是世界没有花朵

而是你眼睛里有泥沙

不是前途迷茫

而是你从来没有什么规划

春天里，我最好的礼物

是送你一首诗

不要说世界不好

不要说人生不好

只要你自己做好

人生便一切美好

走吧

快点走吧

又不是山高路远

只要能够，我们意气风发

依靠

朋友说要来阳澄湖

看看莲花岛的油菜花

四月，油菜花黄灿灿

阳澄湖依靠清水大闸蟹

名扬四海

莲花岛依靠一岛的油菜花

走红了

依靠是一首歌

就像一个流浪的孩子

找到一棵树

从此，他就不会迷路了

如果你继续等待

如果你没有一棵树可以依靠

你听见一片树叶落地的声音

心里也会发慌

请你负起责任

晴谷
跟着我创业已有一年半了
我对他有许多的希望
我感觉，最重要的
请你负起责任

责任
总是压在有志的人身上
这样的人
在忍辱负重的过程中
还不断地加大压力
走向成功的路
有曲曲折折
但从来不曾退缩

请你负起责任
好男儿当擎起一片天
所以，我看好晴谷
因为有责任，人生便有希望呵

我会像鱼一样寻找

如果生活是一条湖
我会像鱼儿一样寻找
拖着自己小小的尾巴
寻找水底的那一片森林

你说，鱼儿的快乐是吐泡泡
我是一只鱼儿
我在水底呼吸
深呼吸
就是深深地爱着

爱吧，我是一只鱼儿
我爱这一片湖
我爱这一片水底森林
我爱这一个寂静的早晨

我会像鱼儿一样寻找

没有一只鱼儿能离开湖

正像没有一个人能避免呼吸

深呼吸

深深地爱吧

一样的田地

一样的田地
有的长着西瓜香瓜
有的长着蘑菇草莓
有的长着青草
或者干脆荒芜着

不管怎么样
这个世界我来过了
是的，世界也是一样的啊
我要做西瓜
我要做香瓜
我要做蘑菇
我要做草莓
既然我来了
我就要为这个世界做一点奉献

一样的世界啊
为什么，为什么
你成了一片海洋
而我只是一朵浪花

不问

一夜的雨，不问是否是相思雨
一夜的愁，不问相思何时是尽头

不要说你是一棵坚强的树
不要说你不怕风和雨
相思就在这样的风雨中

不知道我是不是天生多愁善感
虽说我一直在努力的奋斗中
有一种感觉
我仍是感到许多的不满足
我觉得我很渺小
再努力吧，也只是一棵小松树

一样的梦，不问心晒在何方
一样的愁，不问步履是否轻重

我有这一首低落的诗
不问谁操纵了我的心绪

揣上几块小石头

前行的路上
我追随着飞驰的车轮
它跑得比我快
从我的眼睛中消失
我茫然地举起手遥想未来

有人建议我买他们的鲜花
献给同行的少女
我不知道
我是谁
但他们应该知道我是谁了
所以，我不必用鲜花去俘虏她们
我知道
一个男人，像我这样的一个男人
很容易被一个
或者多个妩媚的女人击倒
我又不是刀枪不入

是沉重的，我们应该考虑防守
很有必要，揣上几块小石头
我只知道
生活里总有一些不怀好意的人
对他们，我们没有枪
我们只有这几块小石头

捍卫自己的尊严，必须的
当然我是一个诗人
我还可以拿起一穗麦芒

豆腐花

以前，我没在意过豆腐花
一种民间小吃
登不了大雅之堂

然而，因为一个人
让我爱上了豆腐花
这个人是我的父亲

两年前，父亲弥留之际
他说想吃豆腐花
医院周围都是小饭店
我找了几家，都说没有豆腐花

我不甘心啊
父亲要走了
我总得满足他最后一个愿望
如果一碗豆腐花一千元钱
我也舍得

多亏一位老板娘
她说要么做一碗豆腐汤吧
我捧着这一碗豆腐汤
来到了父亲的跟前
一勺子一勺子喂他
这是父亲最后一顿餐
他就这样走了

我用一碗豆腐汤骗了父亲
我对豆腐花从此开始亲切了

风遇到树叶

风遇到树叶会有爱情吗
我望着阳澄湖边的一棵树
突然有了这样的一个想法

假若风是一个年轻的男子
树叶是一个美丽的女子
他们相遇了
他们像两只白鹭在芦苇里筑巢

但是风不会老啊
他是那么的自由自在
而树叶最后会枯黄与掉落

风在说话，我的爱就在风的指尖
而树叶不知道去哪儿了
因为她没有回答

油菜是怎么开花的

阳澄湖的景色有多么的美

五月里，请你来阳澄湖

看油菜花金黄灿烂

我看见院子里的油菜已经结籽了

它们就像一群美丽的少女

在我的面前翩翩起舞

油菜是怎么开花的

它们不是一天怒放的

就像我们的爱情也不是一天打磨的

下雨了，油菜花并不气馁

它们长势则更好

所以，我想到我们的爱情

经历风雨不一定不好

有时候雨水真的会滋润爱情美好的

我感到自己是很幸运的

院子里的油菜花

每天给我一种很难找的感觉

那是一种生机勃勃与奉献呵

如果是一粒种子

如果是一粒种子
我希望自己是一粒稻谷
就种在美丽阳澄湖的水田里

肥沃的水田
是我温暖的一张床

如果你相信岁月的耳朵
就倾听我拔节的声音

我就以饱满的果实回报
这一片丰收的土地

如果是一粒种子
我就是一粒稻谷
我的一生是在阳澄湖
拔节、抽穗就是我一生的使命

我不管阳澄湖大闸蟹的横冲直撞
我只对自己说，你要好好地活

第二辑　有一朵花开在湖边

最好我的诗是一个童话

你看到了吗
你看到我在阳澄湖写的诗了吗

我的诗与向日葵一起绽放
它的花朵如此灿烂
朵朵迎着朝霞歌唱

我的诗在五月里最鲜艳啊
油菜花很朴实
在菜花田里回忆我的初恋

我的诗丢在阳澄湖里
一群人下湖里捉鱼
清水大闸蟹便横空出世

最好我的诗是一个童话
在美丽的阳澄湖安营扎寨

我的眼睛比往日明亮

为什么这样
我的眼睛比往日明亮
某夜，有一只白狐
她说是我前世的爱人
我轻蔑地一笑
前世我是一只水牛

为什么这样
我在汹涌的波涛中不翻船
风把白帆送上了天
而我紧握船桨不慌不忙
有一只鲤鱼跳到了船上
我把它投入水中

即使有一天，乌云袭来
我的眼睛依然不糊涂
因为我在风雨中跋涉了很多年

谁是雄鹰

谁是害虫

我一目了然

不得不深刻

现在春天里
我的思绪却去了秋天
当秋天人们收获果实的时候
我的果实又在哪里

生活是一道复杂的几何题
让我们不得不深刻
如果你青春的时候
做什么事都马马虎虎
那么当你年老的时候
又有怎么的活法

如果你没有成就
这个世界里就没有你的自尊
到时候，你会发现
你的青春没有了
财富没有了
只有生活留下了一串沉重的痕迹

这便是我的忧虑

这便是我加倍努力的缘由

好在我很幸运

我的事业有了

看来真的是越努力越幸运

有一朵花开在湖边

有一朵花开在湖边

赏心悦目的鲜艳

可是我叫不出它的名字

如果我一时兴起

把它摘走了

它还能这样鲜艳吗

它独自

在春风里长着

在春光里开放

我觉得，它比我们人类顽强

· 它不怕风雨

它比我们人类忍耐

它总是很静很静

有一朵花开在湖边

它美丽了我的眼睛

它好像还给了我某种思想

倘若我独处

没它那么觉悟

因为有足迹

当你走过了
你彻悟了
你本可以少走许多弯路

因为有足迹
我们干渴的梦复活了
变成了一匹马

有人说，地上本没有路
只是走的人多了
便有了路

相信吧，永远相信
自己的路是自己走出来的
相信只要走着
就会留下自己深深的一行足迹
最后请走进历史
因此，请你继续前行

青春的花朵，我已丢失

春天里的花朵争奇斗艳
青春的花朵，我已丢失

我是秋天里的一株稻穗
我向秋风弯腰
不要吹乱了我的头发

只要我挺起胸膛
岁月又能拿我怎样
青春的花朵，只是美丽了你的双眸
而秋天的果实却能果腹

那时，我不知不觉
青春的花朵就这么快消失了
所以，如今我要对这一枚果实
细嚼慢咽

应该清醒的

早晨，车子穿越在阳澄湖堤
我应该是清醒的
我让清醒的风吹到窗里来
生命的激情
总使我像湖堤的一株芦苇

我知道我的前生是赶牛耕地的
又一次投生过来
那一头牛啊没有投生过来
它不知道这个年代仅有力气
是远远不够了
我不赶牛，但我不想喝西北风

早晨，如果还不清醒
恐怕下一次只好投生一头牛了
它可以什么都不想
它可以只顾埋头耕地

但是，你是人啊
你得和着风声雨声一起尖叫
你跌倒了还得爬起来
打掉门牙还得一口咽下去

深夜，只有雨的声音

深夜，只有雨的声音
其他的，已被它淹没了

我想说
在雨里
桃花哭了吗
白鹭去哪里了
我的声音，也被它淹没了

深夜，只有雨的声音
不不不
我要呐喊
雨啊，趁着黑夜你就猛烈地来吧
当天亮了
当我出发了
你得回去

夜里，雨滂沱了故乡
白天，故乡需要我来装点

就那么几天

四月，有许多人都涌到莲花岛
看油菜花盛开

恕我泼一点冷水给你

油菜花是很鲜艳
可是，它就那么几天
接下来的日子，它们就枯黄了
它们就倒下了
曾经美丽的土地
又是空白

其实，油菜花像极了我们的人生
青春
荣誉
地位
包括爱情
也就那么几天

你看着鲜艳的油菜花
除了喜欢却没有了其他的想法
那么，就那么几天
已是明日黄花了

一堆贝壳

如果你看到一堆贝壳

你会怎么想呢

你可会想到

它们曾经也是活生生的河蚌吗

不羡慕珍珠

不轻视贝壳

它们都是蚌的前世今生

是的，最后有的人成了一颗珍珠

有的人成了一堆贝壳

珍珠，被爱美的人串成项链

而贝壳丢弃在湖边

再没有人把它当一回事儿

或许，一只蚌不怕流浪

更不怕死亡

但我们是一个人

我们得珍惜生命，更得珍惜自己

一株野麦

一株野麦长在这一亩田里

它的个子很高

它的麦穗很饱满

它觉得它是这一亩麦田里长得最好的

它很骄傲啊

但它不知道它是一株野麦

它最好的样子也不会让老农喜欢

如果它长得个子小一点多么好啊

它不容易被老农识破

老农那么开心

他远远地看见了那一株野麦

他走近它

他毫不留情地将它连根拔了

随后将它丢弃在水沟里

这就是一株野麦的命运

而我想到了一个人

我原本是多么想做这一株野麦啊

但亲爱的人类会不会，会不会

那么残酷地对待我

还有，我看见田埂上的一朵野花那么开心

它与野麦不一样

它被人采去了

可能会被插在花瓶里

享受

昨日，我关掉了地暖
整个冬天我没感觉寒冷
地暖，提前给了我一个春天
感觉四季如春

这是一个还很残缺的世界
还有许多的人在为温饱绞尽脑汁
他们也在起早贪黑
他们也在苦苦追寻
我提醒他们
苦难并不是一件坏事
享受苦难，让梦想更加清明

在升起的现实上
我享受着苦难
它让我从贫穷走向富强
它让我从弱小走向强大

我提醒你们
享受不应该享受的幸福
那就是贪图

所以说，地暖是一个好东西
又让我有了一种忧虑

我的身子需要地暖
我的思想需要冷冷的风

想象旷野

在沉静的阳澄湖

望着湖面的小船

我想象旷野

沙尘飞扬，一群奔腾的马

我一直想象着那里

我心头的狂野不会消失

尽管我的皱纹在加深

没有任何人能够理解我

我的前世一定是一匹马呀

有人说我是骆驼

我没有它们那么忍辱负重

旷野辽阔，前世有我的痛

今生有我的梦

地上有一朵雪莲

我要远远地躲开

据说，雪莲是一个美丽的女子

旷野之爱啊

就是默默地离开

没有人知道我会在哪里倒下

既然春天已经来临

既然春天已经来临

为何你仍没起步

你说，你是青春的风

你不走，还不如一株朽木

青春不该抱怨

老天可以说地荒芜，因为它是老天

大地可以说天昏暗，因为它是大地

而你什么都不是

你抱怨的资格也没有

你没有经历过世事的复杂

你就想醉生梦死

这是你错误的选择

彷徨、迷路，每个人都有过

还有黑色的寂寞时常骚扰

现在是春天里，你的心脏恢复狂跳吧

微笑中，忘记一切烦恼

请记住春天多美好

倘若你不努力

春天的美好就被别人占有了

你仍将两手空空呵

走过了才知道我的青春

我喜欢诗人的一首诗
青春不承认沙漠

青春是飞扬的海浪
青春是激扬的歌谣
青春是摇摆的划桨
青春是一场轰轰烈烈的爱情

走过了才知道我的青春
那时候我不知道她的美
虚度，像失去了绳子的风筝
光阴就这样溜走了

亲爱的
如果你是一个青春蓬勃的人
那么，请你珍惜
真的，青春只有一次

转瞬就是迟暮

一闪就是历史

亲爱的，请珍惜

人生也只有这么一次

谁都有苦涩

如果我们打碎了一只碗

那我们就认了吧

所谓的岁岁平安

本来心里苦涩就多

何必为此而闷闷不乐

人生，谁都有苦涩

更尖锐的

出其不意撞入我们的内心

而我们的内心很脆弱

就像一棵梨树刚结了一个果

它很怕风的

想一想，以前所谓的大苦难

现在并不觉得是大苦难

所以，何必让苦涩驻在心里呢

当一阵风吹过来
就让它走吧，走吧

春天的时候
应该像风儿一样温暖了
像我就写一首诗，假装气势磅礴

你必将坐这一趟列车

不管你愿不愿意
不管你想在这里，还是到哪里去
你必将坐这一趟列车
你必将随着拥挤的人群去远方
而远方在哪里呢
所以，你必将漫漫地求索

看吧，这一趟列车速度好快呀
我很想跟它比一比
跟随它跑在你的面前
而你必将看到一个雄心勃勃的身影
那就是我
我永不服输

在这一旅程上，你必将看到一群鸭子
它们大腹便便

它们牢骚冲天

而它们最终的命运不会好到哪里去

你若读到我这一首诗

你必将是与我很快乐地出发吧

不要迟疑，不要忧虑

既然选择了奋斗人生

春节了，我的员工们回家了
他们归心似箭
他们与家人团团圆圆
此刻，我的工厂寂静了
而我也给自己放假几日
外面的热闹
让我觉得春节真的像春节了

因为热爱的事业
所以我习惯了一心扑在工作上
虽说机器轰轰隆隆
但我听惯了它的声音
我不认为是噪音
我觉得，它与抒情的歌曲一样好听

这几天放假了，而我的心仍在厂里啊
刚才我到自己的两个工厂转了一转

厂区里见不到一个熟悉的身影
车间里机器也寂静得像一个一个佛像
我心里跳出几个字：阿弥陀佛

一生都是在梦想与追求啊
虽说我还没有干出什么大的事业来
为了那如花的承诺与责任
我将付出生命
既然选择了奋斗人生
我就不能松懈
与休闲人生，与浪荡人生无缘
更要远离吃喝玩乐的人生

而我现在脑子里
就有了这样两个字：上班
然后我会对自己说
趁着自己还不老，好好干吧

今天就要过去

生命就是诗歌

我的 2014，是一首高昂的诗

我蛮拼的

这么形容自己也不为过

我站在风口浪尖

在默默的等待中

我像一棵树向地下延伸

我说过，我开厂当然首要任务是赚钱

我的执着在风雨中渗透

多年前，没有几个人看好我

而我坚定地看好自己

我知道

我是一棵树

我扎根的土壤是丰富与肥沃的

我居然长成了一棵粗壮的树

当然还没有老态龙钟

现在儿子来了

他与我一块创业

他才是一棵小树

我要让他美丽如花

当然时间逝去，我会苍老啊

我没有什么可怕的

他变为一棵粗壮的树

这比赚钱更重要啊

这是一个真理

今天就要过去，这也是一个真理

我最想对儿子说，你要努力

因为我留不住岁月啊

我只能把自己奔波的影子留在你的记忆里

那么，你呢

请保持沉静

岁月流逝，我的 18 岁只有几张黑白照片留存
那时的欢笑，那时的哭泣
那时的所有愉悦
那时的所有失落
除了我自己知道，应该没有谁知道的了

世界一贯是喧闹的
我就是鲁莽，或许它就是年轻的一种符号
每个人也都年轻过
这一种符号，每个人也都有过

但是，我心里有一种声音
不知道你有没有：请保持沉静
因为我知道，你要在这个世界上有一席之地
就要像一棵青草那样默默无言
除非你是一只小鸟
它可以叫

它可以飞翔

我飞不起来啊，所以只好沉静

没有人知道风停靠在哪里

而我永远也数不清手里有多少颗珍珠

其实，这些都无关紧要

我想说，只要我永远保持沉静

对某种诱惑熟视无睹

我就不会走入泥潭

我就能走得更远，像一只老黄牛一样耕地

比做梦好

此刻，外面一片漆黑
我坐在书房里终于可以舒一口气
没有人知道我这几天是多么的忙碌
过年了，员工们要回家
他们忙碌了一年
作为老板的我
总想让他们手里拎一点什么回家啊
他们的欢笑
是我内心的一种充实吧

当然平日里
我也遇到了许许多多无名状的苦难
它们磨砺我的心，还有我的意志
让我百折不挠
让我越挫越勇

这么说吧，我的诗越写越好
我觉得自己最好让员工们的收入
水涨船高
所以，今年我给员工奖励百分之八的增长
在大气候不景气里
我以这种方式
让员工们觉得身心有些温暖

梦中，一切都是美轮美奂的
我的这一小小的举动
应该说是比做梦好吧

今天我可以睡一个安稳觉了
是的啊，你努力过了
便是今天安宁，春节安宁
便是一生安宁

我已经是一个传说

我在阳澄湖有二三十亩田

原来那里是一片水塘

没有一条公路通向那里

我看到有一只旧的木船搁在岸上

木橹已没有了

船舱里长满了长长的杂草

这是我 8 年前的记忆

2006 年，我拿到了这一片水塘

当我付出 20 万元押金

我不敢告诉亲爱的老婆

她胆子小

她怕我掉在阳澄湖里起不来

那时我认为机会来了

那时我认为全世界的地方只有这一片水塘是最美的

那时我蛮拼的

我对亲爱的说出了一句豪言壮语

如果不让我买阳澄湖的田

我就跳阳澄湖去

亲爱的拉住了我的手

我也就抓住了这次千年不遇的机会

当我把这一个事情告诉著名诗人车前子

他说，好好的田

你却建造了房子

诗人眼里有他的世外桃源

但你可知道，我也是一个诗人啊

我一定要在这一片水塘上描绘出最美的一幅画

我赤着脚走下田打桩

为此我险些陷在泥浆里

我一身泥巴走上岸

没有沮丧啊

有的只有一种别人一世也没有的感觉

我骄傲

我骄傲，这一圈水塘就是我的田啦

我骄傲，从此我将在阳澄湖上轻盈地飞翔

我把我阳澄湖的公司命名为好逻辑

真的，人生就是好逻辑

当你选择对了，你就勇敢地往前冲吧

还有，好逻辑就是我们苏州人说的

好橹钱吗

这是我诗人的擅长

很少几个人知道我的这个用意

这里，我为当初我伟大的构思点赞

因为没有公路啊，所以苦恼接连而至

长长的卡车装满水泥桩陷在了路旁

半夜三更啊，我急急过去

卡车司机很气恼，他说赚一点钱真不容易

运载你的水泥桩命也危险

我并不气馁

天亮后，我叫人把水泥桩一根根拖进去

那号子叫得惊天动地

那号子叫得我心里想哭

二三万平方米的厂房在阳澄湖拔地而起啊

不想金融危机来了

刹那间有的工厂倒闭，有的老板跑路

我这么大的厂房没有人过来承租

我只好养麻雀

可我一年要付几百万元贷款利息啊

我为此差点发疯

我为此差点跳阳澄湖

我的老父亲临走的时候

还念念不忘我的这么多债务

这是我一世内疚的，也是无法用金钱传述的

这些苦恼如同一件外衣

现在我已经穿上了一件新的衣裳

因为阳澄湖又迎来了创业的好时机

那么我与她

同呼吸

同心跳

现在，我已经是一个传说

我是阳澄湖的传说

亲爱的阳澄湖，我借你光了

我会把一只浅水的白鹭

画成一幅自由飞翔的图像

第三辑　不是每棵青菜都开花

你的彩虹

你只知道风雨过后有彩虹

不知道风雨过后

也不一定有彩虹

但是你应该清楚

你扛得起这一阵风雨

再用湿漉漉的手指

拨弄东倒西歪的庄稼

至于彩虹有没有出现倒是无关要紧了

你的彩虹

就是风雨里，你执着的身影

你激昂的歌声

你稳健的步履

你有庄稼一样的拔节之声

你的彩虹

就是自己的一面旗帜

发出呐喊的声音

要永久永久地活

让奋进的人更奋进

让懒惰的人开始觉醒

你的彩虹

是一种绳索

在乎的人拉着你的手

不在乎的人必然是熟视无睹

不是每棵青菜都开花

五月，阳澄湖变成油菜花田

到处金黄灿灿

每天都有城里人来

每天他们都来看油菜花

顺便尝尝新鲜的螺蛳

这个时候充满着喜悦

男孩子在油菜花田里钻来钻去

女孩子忙着自拍

整个季节春意盎然

可是很少有人知道

不是每棵青菜都开花

有许多的无奈，让它们悄无声息

像一朵桃花凋落

油菜花真鲜艳啊
呢喃的雁群带走了我的心
或许我就是这么一棵青菜
孤独地驻守在这一片风光的田里

你什么时候走

真想说，一早就要走
其实，有的人比我起得还要早
你看，公路上已是车水马龙

真想说，选择很重要
走向远方的路弯弯曲曲
一个人在风雨里要好好地走

真想说，跟我走吧
你该知道我吃过很多的苦
我把吃苦当作一种幸福

真想说，带着爱上路吧
有一首诗这么说来着
走着走着花就开了
美丽的梦境
总是因为走着才能到达

我在这广袤的田野上行走
请问，你什么时候走
我一直担心
我会跟不上这时代的步伐

我不黑暗

生活有乌云

天昏地暗是老天爷的脾气

借我一束光芒吧

让我把眼前的黑暗驱散

我们只有跟着月亮

慢慢地走，才能走到黎明啊

倘若你不走

永远就在黑夜里

倘若天亮了

你仍不走

你的白天也仍是黑夜

我不黑暗

我是夜来香

我会用一种香草迷醉你

但我的想法是好的

但愿我们一起走

请小心，镜子是一块玻璃

一再地对照，光鲜背后的涂抹
眼见的未必真实
有人这样形容镜子
说得也对

只是我提醒你
请小心，镜子是一块玻璃

仙人掌总是仙人掌
牡丹总是牡丹
这与镜子无关

在今天这个忧郁的早晨
我对自己说
做一个真实的自己
我空想着
我想超越许多的人
我想在阳澄湖上轻轻地飞

我不知道你喜欢还是厌恶我的诗

我不知道镜子与我哪个更真实

我知道我自己的内心

有时候我的情绪就像小年轻啊

只是早晨醒来

有一点没有睡醒的感觉

镜子在那儿

我看见了一个渐渐苍老的脸

说什么搁浅

你说，思绪退潮
捕捞不到一首诗的意境
泥泞的脚印深陷

现在是春天里
说什么搁浅

我带你看看阳澄湖
停泊在岸边的船都起帆了
现在是春潮涌动啊
如果你仍在岸边犹豫
你还在观望什么呢

在春天里，在阳澄湖
在我们的思绪里
都不应该出现搁浅两个字
有一首偶然袭来的诗
让我们轻轻地飞吧

近在珍珠

这个水乡，因为珍珠而热闹起来
并且，让这个水乡的女人
也风情万种起来了

我见过长出珍珠的河蚌
它们的肚子里长出许多的珍珠
啊，河蚌怀孕了
珍珠是她的骨肉

而我对珍珠项链有异议
因为最好的珍珠穿了孔
那就掉价了
这很像一个人
所谓完美
就是从不做掉价的事情

手捧珍珠，多么温暖

如果我是一颗珍珠

不要钻孔啊，我要永远完美无缺

或者干脆，将我磨成一种粉

像野草一样

一个人的内心
可以像莲子一样纯洁
莲子长在湖中央
一个人的手够不着

那么，像野草一样死皮赖脸吧
即便被人踩踏
也要挺直身子

野草没有野花有非分之想
他的种子随风飞扬
我有野草的性格
哪里都能适合我生存

你看，野花被人采走了
而野草总是在那里

原谅我，我是一株狗尾巴草

花田里自言自语

坐在花田里

我看一只小蜜蜂飞

这时候我觉得它是有出息的

它会采蜜

它会给我们甜蜜的滋味

别忘记花田里，我的童年

她说，我要跟你天涯海角

我说，我非你不娶

别问我初恋哪里去了

就在花田里

爱，有一种方式

深爱，或者别离

而我最记得

花田里的自言自语，还有

还有

清明的季节

清明的季节
老天是浑浊的
真想说，还我清明的蓝天

不是清明的季节
一棵桃树仍在开花
一头水牛仍在吃草
一条大河仍在奔涌
一个人仍在孤独地走着

所以，不管是什么季节
你的心里清明，这才是最重要的
一个人糊糊涂涂过日子
它的人生叫虚度年华

所以，你的眼睛
包括你的心灵
清明如镜，这便是美好的春天

三月草

你只知道三月草苏醒了
与桃花一块苏醒了
而桃花越来越鲜艳啊
三月草只是葱绿一点儿

你不要羡慕桃花
它会变成一只桃子
而我是一棵三月草
我永远绿天涯

你笑，世界就好

笑是你发自内心的心声
因为笑，你就知道走
因为走，最远的山也就不远的
你笑，世界就有朗朗的歌声

笑是你迷人的眼睛
因为笑，你就知道爱
因为爱，最苦的日子也有出头时
你笑，世界就有灿烂的花朵

笑是你敞开的胸怀
因为笑，你就知道边走边唱
生活五彩缤纷
需要我们的热诚与付出
你笑，世界就好

奔跑便是春天

汪国真有诗
春天所以美好
那是因为大地开满了花朵

我也有诗
奔跑便是春天
若按兵不动
一个是演绎守株待兔的故事
还有被先行者甩出十万八千里

像我的爱情虽已远去了
奔跑，我感觉能够找回爱情
不是说拥抱春天
就是拥抱爱情吗

那就带着爱上路吧

做一只快舟

如果你来到阳澄湖
你会看到，有许多快舟
在河面上快速地飞驰
我在想
做一只快舟
该是多么好
劈波斩浪，一往无前

我不满足做一只小木舟啊
它慢腾腾的性格
已经适应不了大江大河

一位老渔民坐在小木舟里
一只快舟经过了
它涌起了水浪拍打着小木舟
老渔民叹了一口气

我还不老啊
我应该从小木舟里跃起
看吧，我也可以在阳澄湖里飞

谁不想美好

每一个花朵

都展示着美

谁不想美好

世界上，只有乞丐扮得肮脏与可怜

仅有想象是不够的

你得付诸实践

或者像我这样

请记得每天奔跑

如果你仍无动于衷

那么到头来，你仍两手空空

请记得努力的男人

平凡亦是英雄

努力的女人

比春天的桃花还要鲜艳

你的美丽啊

不是牢骚，不是埋怨

不是得过且过

就像幸福从来不会从天上掉下来

我在珍珠的故乡

我在珍珠的故乡
但不能把自己当作珍珠
我只是我
当然珍珠是故乡的荣耀
这不能否定

让我像珍珠一样
把自己的故事串联起来
或许若干年后
我的这一串珍珠项链也很特别吧

我在想，你做珍珠
还是做泥土
都在于你自己的选择

我更愿意做泥土
因为泥土可以让庄稼人种庄稼
珍珠美丽了人间
而泥土延续了生命

我不能给你什么

我整整的一生
都在奔跑
都在追求
就像一棵桃树遇到春天了
先是开花，然后结果

桃树可以给你一树桃子啊
可是我不能给你什么
我用春天而抵不住春天的忧伤
我用诗歌而比不上脑瘫诗人写的

我不能给你什么
所以你也不必看我的脸色
你走你的路好了
就让我一个人孤独地回家

人海茫茫，亲爱的朋友
你让我感到落寞与无助

有一只大船经过

我家就住在大河的边上

每天早晨我上班的时候

看见有一只大船经过

它从哪里来

它到哪里去

我不知道

但我知道，它一定是在开往彼岸

它乘风破浪

给我很大的信心和力量

其实，人生就是一只船啊

需要经过许多的河流

还有险滩

还有暗礁

如果你没有驾船的本领

船又能到达什么地方呢

请告诉我
你有没有自己的一只船
你跋涉时是否有自己的一幅蓝图
什么时候我们会相逢
在波澜壮阔的大江大河上呢

暴风雪

在开往南京的高速公路上

我遇上了暴风雪

还好

还能看清方向

我知道，只要你与我

永远保持冷静

眼前就是保持车距

我们就不会滞留在高速公路上

走向远方的路很长

暴风雪它要来就来吧

人为什么要在路上呢

我觉得这个暴风雪冬天来的时候

一定比现在还要猛

你心里有春天

暴风雪就成不了气候

其实儿时吃苦没有什么不好

我是不是你的风景
好像没有什么关系
不过我确实是从苦难中走过来的
这个是千真万确的

我十三岁替老祖父放牛
农忙里顶着烈日
跟着大人们下田割稻子
手心里血泡模糊
夜里到生产队的晒场看夜
有一只猪獾窜到了我们睡的草棚里
还有脱粒
白天黑夜连续作战

其实儿时吃苦没有什么不好
至少一路走来吧
我把大大小小的苦难没当一回事
真是年轻吃苦风吹过啊
我想这也是千真万确的

我能做到的

世界那么大啊，我那么小
我能做到的
以真实的我展示自己
我的爱情
我的工作
我的思想
我的诗歌
一切都是真实的
我是秋天的风
带着故乡成熟的味道
对我来说，就像稻谷一样坦荡

即使这个世界上
有邪恶的眼睛盯着你
我也不怕
我用真实的故事对付他们
比如我可以写长篇小说《好好面对》

我发出自己的声音

让你远离赌博

我就是麦田里的一株野麦

在追求中显出自己的出类拔萃

我能做到的

就是我永远不低头

让我捧出一颗真诚的心

春天里我唱自己的歌

春天里我会像青草一样呼吸

如果我嘴里含的是晨露

是不是叫爱情

春天里我会像山羊一样吃草

如果我不小心吃到一棵蒲公英

是不是叫偶遇

春天里我会像浮萍一样飘荡

如果我不小心被搁在岸上了

是不是叫命运

春天里我唱自己的歌

做好真实的自己比什么都强

去创造

在这个春天刚刚来临的时候
我多么想对你说
去创造，去创造吧
你在这个世界上的地位
不是你已经拥有财富多少
而是你是否仍在创造

如果你现在还是一无所有
就给别人打工吧
看小河
依赖着大河缓缓地也能走向大海
唯有心向往之
才能让自己强大起来

假如让我回到青春
我依然会选择创造
因为它的名字叫辉煌

因为我是庄稼人的孩子
我知道自己种出来的大米最好吃
自己创造的财富
才是你值得夸耀的一种资本

而我与那些远大的人们差距很大
他们就是我的旗帜

生活是一片沼泽

谁能洗净我一身的泥泞

生活是一片沼泽

我像一只小鸟在寻找食物

我是多么羡慕那些飞在阳澄湖的白鹭啊

它们的羽毛干干净净

它们爱怎么飞就怎么飞

人们说它们是欢乐的吉祥鸟儿

我的思想被它们左右

把我有生以来

所有的力量拼凑在一块

也没有这么神通广大

但我就是这样一只小鸟

既然这一片沼泽是属于我的

我不悲观

我认了

就像一个人跌倒了

艰难地爬起来

拼着老命也要向前走啊
因为不走就会被沼泽淹死
因为你的生命是你自己的

春天来吧来吧

小麦钻出了泥土

小麦开始绿了

我就知道春天来了

现在看不到麦田

不知道小麦长得怎样了

但我得承认春天已经来了

我看着一棵桃树，它还没有动静

也像是还被冬天压抑着

和我一样的光秃秃的桃树啊

内心都在涌动一种春潮

或者乐谱

那么，春天来吧来吧

我们从来不拒绝寒冷

当然我们不会拒绝春光

是的，我在冰天雪地里练舞

然后，我想在这个春天里写一首诗

就像一株小麦一样

茁壮成长

小蜜蜂

我在盛开的菜花田里走着
寻找一只小蜜蜂
它竟然没有出现

从前啊油菜花没有开得这么好
但有好多好多的小蜜蜂飞来
它们采蜜
有一次我的嘴巴被小蜜蜂刺着了
肿了一个血块
妈妈责怪我，你不该捉小蜜蜂
妈妈还说，小蜜蜂有一根刺
它刺痛了你
它也就失去了生命

后来，我不敢去伤害小蜜蜂了
后来，我也离开了村庄

不知道，为什么，为什么呀

小蜜蜂也离开了菜花田

那么，它又到哪里去了呢

十年后你会怎么样

请你问一问自己
十年后你会怎么样

我们的祖国已是繁荣昌盛
那是一个多么豪迈的构想

于是我一直在努力地奔跑
因为我不想拖祖国的后腿啊
最好我能跑在许多人的前面
我和我的儿子一道
在努力地奔跑

他说，十年后将是重新洗牌
他说他要超越许多人
他的想法与我年轻时真是一模一样
但愿他比我早点领悟这个道理

只要执着地奔跑
总会与目标越来越近的

或许十年后我老了
我没有力气奔跑了
此时，我就微笑地看着你们奔跑
心只有在奔跑的灰尘里才满足

我最想对你说的一句话
你若不奔跑
十年后你仍然是空空如也
不，你有的是泄气与抱怨，或许还有恨

听雨声

平常的日子，倘若下雨我就担心
我担心卡车送货不方便
淋湿了产品必须重来
我在主导这一个工厂啊
所以，时常思索这类鸡毛蒜皮的事情
如果老天一直能阳光灿烂，那是多么的好
尤其是冬日的阳光，总是给人些许温暖

真的，我的耳朵很灵敏
今天早晨，我居然听到了滴答滴答的雨声
推开窗户果然外面在下雨
真的啊，我心里顿时地舒服啊
这个雨啊来得正是时候
过年了，下雨抑或是下雪
对我来说都是一种发泄，都是一种解脱
我不再担心工厂的货物送不出去
我暂时没有了这一个担心

现在我是一个快乐的人
或许我的观点会遭到一些网友的反对
我知道我想表述的只是我的快乐观
我觉得春节下雨，是我的快乐啊
我可以在家舒舒服服的
我什么地方也不想去
我想安安静静地过这么一个春节

听雨声，我就像听梵音一样
我的心里特别地宁静
就这样，守着自己如水一般的心情
又在悄悄地迎接
又一个红红火火的新春

第四辑　我能手捧真诚

我能手捧真诚

在我的生命里
什么愚人节并不存在
因为我能手捧真诚

从十八岁我就喜欢一首诗
我捧出真诚的一颗心
期待看到你一双真诚的眼睛

有人问我，你成功凭什么
我回答他
一凭我的真诚
二凭我的热诚
它们都是我制胜的宝典

跋涉中，有形形色色的人
有人也欺骗过我

但是没有关系
因为我有足够的心理准备
我知道，世界里本来就有温柔的羊
也有毒蛇之类

你说，从未走远

你说，看你，想你
依然在这里等你
在那片海，从未走远

在热爱中生活
我的一切劳动都向往着
那一片海

可是，海那么大
就像苍穹那么大
我是那么小

我好想回到海上
回到每一条熟悉的河流
回到你的岸边
我想对你说
因为我的世界有过大海
我想活得大气一点

你说，你从未走远

你是大海的女儿

你是属于大海的

而我只是一个世界里的过客

我像一只小猫望着大海

眼睛已经没有从前那么光亮了

静静逝去的

是像大海一样的激情

可惜，已经找不回来了

此刻，你知道

沉浸在这个温暖的怀抱里
连同迷人的花香一样
此刻，你知道
她是谁

当他真的老眼昏花的时候
你的手就是拐杖
此刻，你知道
她是谁

美好的爱情
就是从猜猜你是谁开始
最后不用你猜了
你的一个眼神
你的一个咳嗽
你的一个手掌
此刻，你一定知道
她是谁

我的心看得很远

我的心看得很远

我与你一起变老

现在我每天早晨给你煮一碗粥

到我老了

请你每天还我一碗粥

最好加一点肉松

我的心看得很远

现在我们可以忍饥挨饿

我们积存生存物质

最好像一只袋鼠

张开一口布袋

有足够的粮食，保证不被饿死

我的心看得很远

我的心盛着未来

的确，未来一定是美好的

但你不够努力
你的未来
恐怕比现在的日子还不如

岁月短暂而匆忙
当我真的老了
我就在屋檐下晒晒太阳
对孙子说，你看那个乞丐
他从前可是比你爷爷活得风光

玫瑰庄园和我

我向往着玫瑰庄园

那里有无数的玫瑰

那里住着我的爱人

那里是幸福的花园

或许，那里也有枯黄的树

那里也有杂草

但我想它们成不了什么气候

所以，我想啊

我们的祖国就是这样的玫瑰庄园

所以，我经常这样问自己

你种植了多少玫瑰

你的爱情美不美

我却相信

在祖国的大地上

玫瑰会更鲜艳

当然害虫之类，也是不可能绝迹的

它们的存在

更让玫瑰庄园活得有气魄

我的诗人老师

我的诗人老师
他写过很多有名的诗篇
比如潇潇洒洒二十岁
比如月光下的金草帽
比如我们上路了

他是红遍大江南北的诗人
他是我文学的引路人
我以为他是一位坚强的汉子

但前天在南京紫金山庄
我看见他泪流满面
他的女儿雪妮出嫁了
他说，平时对闺女责骂啊
可是现在她要独立了
总是有一万个不舍得
闺女总是娘身上掉下的一块肉

那天阳光很好啊

可是我的眼角也有一滴泪珠

我是被诗人老师的泪感染的

有什么东西迅速淹没过来

莫过于父母们

像大海一样深深的爱呵

没有结局的旅途

仙女们浣纱
嫦娥对我说，开始走吧

没有结局的旅途
在荒野里跋涉
或许有许多的野花在伸长脖子
她们跳起肚皮舞
我假装无动于衷

告诉我，你的驿站在哪里
如果在有人烟的地方
那应该是最好的归宿

因为旅途
让我懂得要爱啊
爱人间，爱你所爱的亲人们
你必将看到在漫长的旅途之中
跟随你的人很多

致：晴谷

那一天你像一架天桥
架空大地
你架空了我
让我说吧，你才是成功

我对你说
我的成功也是一路犟过来的
所以，你可以与我犟
只要你坚持
这就是成功的道理

我在你二十多岁的时候
还什么都不是
前途在哪里
我望着夜空，没有谁可以告诉我
但是今天你不同了
你已经有我这个平台
现在是你展示自己才学的时候了

我永远是你的一块铺路石

我也想做一把梯子

让你站得更高

最终我会走的

这个世界必须你自己撑起来

阳澄湖有没有情歌

阳澄湖有清水大闸蟹
这是很有名的
小时候，我在岸边都能摸到大闸蟹呢
那时候应该都是野生的吧

此时，你这样问我
阳澄湖有没有情歌
我的回答是，有的

你向湖里望去
有一只小船在晃动
一对老夫妻正在倒虾
满腔的爱啊！在湖里飞溅
他们在风雨里经过了多少岁月
从而铸成了一首阳澄湖最动听的情歌

还有，现在我也来到了阳澄湖
我要变成一个民歌手
唱一唱阳澄湖的好风光
唱一唱阳澄湖的爱情长又长

你的美丽

桃花很多

桃花很红

而有一种桃花是白的

夹竹桃花在红尘中

透着纯洁的白

你的美丽

是与众不同的风格

不起哄

你的美丽

是默默奉献的情怀

宁愿孤独，而不喧闹

你的美丽，像极一个人

默默地走

自有一种力量

爱情三分地

你知道的，我有几十亩地
那是我所谓的事业
在春天里，我耕耘着这些地
我种植的庄稼收成还好
还好

但我更看重爱情三分地
这个你也有的
播种什么
如何施肥，又如何除虫
我真是绞尽脑汁
然而我的爱情三分地
庄稼长势特别的好
我的欢乐像树上的桃子那么多
因为晴谷已长大了
就像一棵树，美的高度

晴谷，我的犟儿子

爸爸一直会高举着春天

把粮食的种子——传递

爱情是一个故事

爱情是过去的传说

梁山伯与祝英台是千古绝唱

我看见蝴蝶飞

就会想起他们的爱情

也许是因为痴情

也许是因为势利

也许是因为世事茫茫

也许是因为物是人非

也许是因为许多的是是非非

爱情是一个故事

过去了的爱情都成了传说

我们都不要这样悲壮的传说

我们只要在一起

你织布来我耕地，这是爱情最高境地

活着的样子

活着的样子，其实很单纯

除了爱情轰轰烈烈

好像再没有轰轰烈烈的其他事儿了

最多是怀念一个人

或者怀念一个地方

我们在冬天里

等待春天桃花开

我们在大海的波涛里

等待风平浪静的海岸码头

像在秋风里

老农收割成熟的庄稼

活着就要有活着的样子

像一棵树有尊严地挺立在风中

像一棵水稻成熟了

就低垂着头，低调且低调

写字与工作

就是我活着的样子

就是这样的单纯，真的

没有某些人想象的那么复杂

为了收获爱情

为了静谧
我们打碎了酒瓶

为了花好月圆
我们辛勤地种植

为了收获爱情
我们日日夜夜劳作

为了你的欢欣鼓舞
我们把冬天当作春天啊
我们仰起脖子，喝干大河

记着，为了你的爱情
不要说苦，不要埋怨
走过雨夜就是黎明

记着，为了你的爱情

天塌下来

让我死去，让你活着

我问自己目标在哪儿

夜里的雨打湿了我的思绪

我问自己目标在哪儿

心灵，一个真实的轨迹

十年前我有豪言壮语

我要做苏州最有钱的作家

啊，多么美丽的狂妄与无知

反正我像一头水牛

没有离开过水稻田

在风雨里写下诗歌，一行又一行

最好的目标

其实就是一种狂妄与无知啊

所以请再给我一个机会吧

所以我问自己目标在哪儿

真的，我自己已经无关紧要了

我要把这一根接力棒交给晴谷

你是我的原动力

你是我最真的期待

看你紧紧握着手中的方向盘

神情坚定

第五辑　岁月，是一个未名湖

有时候爱情是风吹雨打

黑夜里，白狐爱上了落魄的公子
她说，你是我前世的救命恩人

爱情并没有传说那么美
真的，有时候爱情是风吹雨打

你，我的女人
你在我最冷的时候嫁给了我
你给我做了一件软软的棉衣

十月收获的不仅仅是稻谷

我从小就喜欢稻谷，后来我把儿子命名为谷

所以我永远记得要插秧

当布谷鸟叫得欢的时候，我要拿起镰刀走向它

我的期待在稻谷十里香

现在我就想告诉我的儿子

十月收获的不仅仅是稻谷

不仅仅是稻谷

如果你仍不明白，那么你跟着我拿起一把镰刀吧

你知道稻花么

稻米养大了我
在自留地里，母亲说你不要到稻田里走啊
母亲还说
稻在开花

稻花很小很小的呀
像芦花那么白，那么白
我的双手
拔过芦花
可从来没有拔过稻花

你知道稻花么
它们已经雕刻在我的时光里了

秋的忧愁是你自己给的

稻谷熟了，应该拿起镰刀

像老农一样欢笑呵

我只想说，秋的忧愁是你自己给的

如果把秋风秋雨，当作春雨

稻田里，那一支劳动的号子

舒缓扬起

秋天，你的身后没有摇摆

因为冬天不远

因为春天也不远

有没有莲的心

佛坐在莲上

有人顶礼膜拜

原谅我，我是一个可笑的凡人

我无法坐在莲上

真做到坐怀不乱，亦难

我只想问一问

有没有莲的心

它们还像从前那么纯洁吗

成功使我声名远扬

年轻的时候，我喜欢汪国真的诗

比如

即便成功使我们声名远扬

我们又怎能忘却心中的梦想

如今

成功使我声名远扬

我却有更大的梦想

自信的品格

没有爬不过的山坡

风很自然地来

朴素这东西一定与你的出身有关
就像风很自然的来

我很小的时候就放牛
一颗原始的心浸渗在我的血液里
我从乡间的小路走来
我的头尖上开着一朵稻花

这个俗世正在走向繁花
而我也学会了微笑与哭泣

我走着，像我的父亲把持着一只木梨

坎坷叫磨砺

明天是一马平川吗

仍有坎坷，仍有苦难

于是，我总是在思考

怎么活

这样吧，不妨我们把

坎坷叫磨砺

苦难叫财富

这样吧，把苦难与一切不快

要么扛在肩膀上

要么踩在脚底下

爱情像稻田

我把爱情比作一亩稻田

插秧，拔草，施肥

开花了

抽穗了

是啊，美好的爱情哪能坐享其成

不耕耘，稻穗枯了

稻穗空了

爱情像稻田

你才是真实的庄稼人

我们都是鱼

我们都是鱼，都是生活在一条河里的鱼
只是有的是大鱼，有的是小鱼
多少年了，这些鱼一定经受了不少黑暗
一定有巨大的暗流吞噬
这些鱼活着不容易

我也是一只鱼啊
我不知道游向哪里
当我有一天浮出水面
我看见岸上有人拿着叉子

原来人生就是一条河
身不由己

让我在早晨写下飞翔的名字

既然青春消失了就不会回来

我也不后悔

毕竟我努力过的

既然我已步入了秋天

我也不彷徨

让我在早晨写下飞翔的名字

我不能呼风唤雨

却能对自己说

在风雨里一个人要好好地走

岁月，是一个未名湖

父亲在世的时候，他指着宽阔的阳澄湖对我说

你祖父对阳澄湖的深浅了如指掌

祖父一生为船，以耥螺蛳谋生

岁月，是一个未名湖

你只有了解它的深深浅浅

才可有的放矢

要么，像鱼鹰汹水

要么，像白鹭一样飞

抱着阳光

我快乐地行走在路上
我很好
阴霾的日子也有，我并不紧张
因为我抱着阳光

心中有一份挚爱啊
这就是我的阳光
那么，也请你相信
阳光不仅是属于我的，也是属于你的
我是快乐的
你是骄傲的
因为我们拥有一样的天空

柠檬树和我

我的梦里真的有一棵柠檬树

带着淡淡的柠檬味道

远远地像一个年轻的女子隐隐约约

我甚至想把我的别墅命名为柠檬树

像回到了纯真又朴素的故乡

很可惜，现在的江南只有钢筋水泥

所以我要在心里植一棵柠檬树

留住蓓蓓的芳香，如同一株茉莉花

如果努力没有回报

如果播种稻谷没有收获

意味着土壤

或者种子，以及化肥有没有问题

关于播种

你得向老农学习

胜过一切高谈阔论

如果努力没有回报

意味着你的思想

或者"天时，地利，人和"所谓的三缺一

这个世界已经很现实

但是你一定要记得

这是一句老话，有耕耘就有收获

稻田与茶座

我的爱情在稻田里
你弯腰割稻，累得满脸通红
我在田埂上挑稻
有时喊着劳动的号子

我们都把力气变成了稻谷
我们的爱情变得芬芳
因为流的汗是真的
所以我们的爱情也是真的

不知何时开始，爱情转移了

当代年轻人不要在稻田里出力流汗了
他们在茶座里畅谈
音乐轻飘飘的
沉甸甸的爱情在哪里

时间爱情

时间爱情，都会过去
热烈的情绪也会随风而去
最后寂寞又来

没有人知道
我的明天会是什么样子
我自己都不知道
但我知道
时间爱情还没走
看吧，依然是像桂花飘香

我得扛

那个苦难像蚂蚁
接踵而至
我得扛，我要
我要扛出一片新天地

岁月呵，你是男人
你必须这样
为了自尊
你得扛起所有的苦难
写下铁骨铮铮的名字

我在黑夜里想着光明

黑夜里有人在跳舞

有人在做爱

我在送螃蟹，我在攻关

我在黑夜里想着光明

啊，黑夜

你让寂寞的人更寂寞

你让向上的人更蓬勃

我喜欢

黑夜给了我黑色的眼睛

我却用它来寻找光明

贝壳

贝壳在海滩爬行

像蜗牛

大海这么大啊，贝壳却这么小

但它没有畏缩

我这才懂得

贝壳是大海里的小动物

我是这个世界里的小人物

贝壳默默地爬行

它悄悄地

悄悄地把梦想变成了飞蛾

我的方向

白天我拼命挣钱

我卑躬屈膝

生活啊，谁都一样辛劳

夜晚我静静地写诗

我也不知疲倦

啊，有诗人生多美好

所以，我的方向一定与诗有关

春，我播种

夏，我盼风

秋，我采摘

冬，我遐想

若干年后，我把我的诗

都交给四季出版社

由此得出结论

我的方向是春光明媚的

如果不够执着

如果不够执着
就像杨柳随风飘荡
连天空飞的鸽子
也跟着风转圈子了

有很多年
我不是做得很好
我把梦想变成了飞蛾
我怎么也想不明白

岁月如是说
你要执着地走
你得承受
这些季节的欢愉与折磨

奋斗十四行

奋斗是一个壮美的词
即便懒惰的人也在叫喊
它像一个梦
在空旷的田野里，我赤脚狂奔
我追逐着跑得最快的人

就为这个信念，我乐此不疲
路过的人啊不知你们怎么看我
反正我是不在乎别人怎么说
是的，只要我奔跑着
我就不担心自己能跑多远

不是对你说我是雄心勃勃
其实，我已经像一只老透的瓜
或许瓜熟蒂落
爱人，真想你来把我摘去

我的情歌十四行

如今的故乡，稻田已没有了
但在我的记忆深处
有一支婉转的情歌

其实，人生就是一亩稻田啊
插秧，我的童年
拔节，我的青春
结穗，我的壮年
我的情歌就是这么唱的
有播种，就有收获

没有人知道，我的明天会是怎样
但我可以对你说
我的情歌在稻田里
从从容容
我的未来就在光明里

我的心迹

我不是花朵
不能绽放美丽
我就是我
我就像一部拖拉机慢慢爬坡
我喜欢如此孜孜不倦
那是信念
那是不屈的传说

现在你们知道了
我的心迹
就是永远向前走
即使前面是一片海
我也要纵身跳下去

生命只是昙花一现
我的心迹可以永恒

只为抬起头

默默耕耘，像老牛一样
只为抬起头
我期望稻田水稻良好
你的脸上鄙夷不再

生活就是这样一亩田
就在风雨里
那遍地的泥泞
我把它看作雪花膏

当你抬起了头
你看吧，赶牛人
也放下了扬起的鞭子

雾来雾去

凌晨出门的时候
外面已经有雾
我穿行在雾中
我去寺里念佛

人生就是雾来雾去啊
且急促繁复
念佛，如此虔诚地祈祷
让我心里的一种雾
像一朵乌云飘走了

有时我以为自己眼睛看得清楚
其实，仍在迷雾之中

长期以来

长期以来
我像一个老农日出而作
我有一个愿望
我要给我的儿子一个庄园
且种满植物
即使生活让我喘不过气来
我也没有退却
再多，我这个乡下人
喝一杯酒
给自己壮一下胆子

长期以来，我这么走着
到老了，我就在自己的庄园里
种植几棵烟草
我吸烟，写着一首安魂曲

绽放

若花朵不绽放
你不知道它有多美
对花朵的向往
就是对美的向往啊

花朵啊
其实是依赖土地与阳光
而我已经为自己准备了一块土壤

我要趁着别人冬天不出门的机会
种植好自己的一棵树啊

待到来年春天
我就与许许多多的花朵一起绽放
我的耳边满是蜜蜂的嗡嗡叫声

不松懈

浑浊世界
你要出类拔萃
只有不松懈

很多次告诉自己
笨鸟先飞
就这样上满心的发条
像夏风一样炽热

即便前方有风有雨
我也要冲锋

我看得见自己的晚年

因为青春的时候
我寻找自己的方向
尔后我就孜孜不倦地努力
所以我看得见自己的晚年

在屋檐下
我懒洋洋地晒太阳
儿孙们围在我的身旁
我就给他们讲讲我与阳澄湖的故事

时间，是一只足以装满稻谷的箩筐
如果你也想看得见自己的晚年
那么，你也去田里种植
然后将稻谷装满一筐又一筐